KB093587

푸른사상
시선

56

천만년이 내린다

유승도 시집

푸른사상 시선 56

천만년이 내린다

인쇄 · 2015년 7월 25일 | 발행 · 2015년 7월 30일

지은이 · 유승도
펴낸이 · 한봉숙
펴낸곳 · 푸른사상
주간 · 맹문재 | 편집 · 지순이 | 교정 · 김수란

등록 · 1999년 7월 8일 제2-2876호
주소 · 서울시 중구 충무로 29(초동) 아시아미디어타워 502호
대표전화 · 02) 2268-8706(7) | 팩시밀리 · 02) 2268-8708
이메일 · prun21c@hanmail.net / prunsasang@naver.com
홈페이지 · http://www.prun21c.com

ⓒ 유승도, 2015

ISBN 979-11-308-0490-3 04810
ISBN 978-89-5640-765-4 04810 (세트)

값 8,000원

☞ 저자와의 합의에 의해 인지는 생략합니다.
　이 도서의 전부 또는 일부 내용을 재사용하려면 사전에 저작권자와 푸른사상
사의 서면에 의한 동의를 받아야 합니다.
　이 도서의 국립중앙도서관 출판예정도서목록(CIP)은 서지정보유통지원시스템
홈페이지(http://seoji.nl.go.kr)와 국가자료공동목록시스템(http://www.nl.go.kr/
kolisnet)에서 이용하실 수 있습니다. (CIP제어번호 : CIP2015019638)

천만년이 내린다

별들이 반짝이는 땅
— 별을 바라보는 사람들에게

별을 바라보는 사람은 별이랍니다
웃으며 바라보면 웃는 별이랍니다
울면서 바라보면 우는 별이랍니다

친구의 얼굴에서 별을 보는 사람은 별이랍니다
선생님의 얼굴에서 별을 보는 사람은 별이랍니다
부모님의 얼굴에서 별을 보는 사람은 별이랍니다
이웃 아저씨와 아주머니의 얼굴에서 별을 보는 사람은 별이랍
니다

나뭇잎이나 풀잎이 바람에 흔들리며 반짝반짝 빛나는 모습을
바라보는 사람은 별이랍니다
툭 발로 찬 돌멩이가 굴러가는 모습이 아프게 다가오는 사람은
별이랍니다

재잘재잘 흐르는 강물 소리를 벗 삼아 걸어가는 사람은 별이랍니다

자신이 별임을 아는 사람은 누가 뭐래도 별이랍니다
자신이 이 땅의 별임을 아는 사람은 언제까지나 이 땅의 별이랍니다

2015년 망경대산에서
유승도

■ 시인의 말

제1부   산에 사니 산이요

제2부 닭백숙을 먹은 저녁

제3부 마자의 속삭임

제4부 손을 잡는다는 것

제1부

산에 사니 산이요

삶과 죽음 사이

 입동이 지난 뒤, 추위가 시퍼렇게 깔린 날이었다 잿빛 구름이 머리를 덮었다

 쿵 쿠앙 콰아아아아
 쿵야 쿵야 쿠아아아아

 집 옆 등성이 너머 계곡이 흔들렸다 산이 흔들렸다 집이 흔들렸다 나도 흔들렸다
 달아나는 멧돼지가 보였다 새끼들도 서너 마리 보였다 땅을 콱콱 찍으며 내달린다 생과 사의 경계선을 타고 질주하는 멧돼지들
 나무들도 팽팽 긴장하며 비켜선다 튀어라 생각이고 뭐고 무조건 뛰어라
 총알이 비켜간다 바람이 휜다 죽음을 향해 달려라

키다리들의 슬픔

빽빽하다 소나무 숲
빼빼, 말라깽이들, 바람 따라 흔들린다
하늘의 끝을 향해 솟았다

부러지지 않을 정도의 굵기로 키를 키우며 햇살을 선점하
라 가지도 짧게 적게, 오로지 키를 키워라 산들바람에 휘청
거려도 걱정 말아라 폭풍이 닥치면 옆의 산 나무 죽은 나무
를 잡고 버텨라 눈이 쌓여도 비에 젖어도 구름에 잠겨도 해
를 찾아 까치발을 디뎌라
가볍게 더 가볍게, 하늘로 펄쩍 뛰어올라라 오호호호 웃으
며 눈물을 흘려라

봄날, 들판에 아지랑이 숨 가쁘다

슬금슬금 스으으윽 슥슥 사살살 주물렁주물렁 쑥 턱 쑥 턱 으샤샤샤 으싸으싸 헉헉 아이아이 와오와오 으헤헤헷 씨굴텅씨굴텅 조조조좃 차차차차 으이여차 와라차차 싸싸싸 쪽 텅 쪽 텅 쭈쭈 뿌뿌 파바바박 푸빠푸빠 짜짜짜짜짜짜짜 짜아아짜 짜아짜

첩첩 참참 퍽퍽 팍팍 뿌석뿌석 철썩철썩 뽀뽀뽀뽀 쪽쪽 싹싹 헐레헐레 후후후후 꿍짜라라 쿠쿠쿠쿠 찌부락찌부락 으헉헉헉 떡떡 쿵따라빠 빠바바박 으랏차차차차차차 씨부락쿵떡 쿵떡쿵떡 으허허허 하아하아 흐응흐응 처처처척 착착 히오히오 헐떡허덕 으어어억, 하이고야 하이고

15

새해, 함박눈이

훨훨 퍼얼펄펄

오 호 호 호 호 와하하하하하하

넘실 넘실 들썩들썩

스르륵 스르르륵

사뿐 사뿐 사뿐 사뿐

은은한 햇살

가을은 살며시 다가올 거라고
오는지도 모르게 와서 곁에 서 있을 거라고
하던 말을 기억하지 않아도 돼

멀리 가버린 날들을 아쉬워할 필요도 없어
북풍이 곧 몰아친다 해도
맞아들이면 돼
몸이 얼어 쨍그렁 몇 조각으로 깨진다 해도
받아들이면 돼

아무런 말도 하지 않아도 돼
움직임 하나 없어도 돼

뱃속의 이

이거 봐, 사람 이가 분명하잖아 내장을 덜 뺐던 모양이야
먹다 보니까 씹히잖아

아내가 손바닥에 놓인 이를 내 눈앞으로 들이민다 어둠이
스며든 이는 내가 보기에도 사람의 이다
사람을 먹었나 먹을 수도 있겠지 그 넓은 바다에 사람 시
체가 한두 구만 가라앉겠어, 맛있는 먹이를 갈치가 놔둘 리
도 없을 테고

어째 갈치 맛이 그만이더라니
이거 벌써 다 먹었나 좀 더 없어
근데 이는 괜찮아 이가 이를 씹었으니

아내는 말없이 일어나 밖으로 나갔다 들어온다
뒤꼍 두충나무 아래 묻었어요

쩝쩝, 거뭇거뭇한 갈치조림 국물에 밥을 비벼 먹으며 태
평양 어디 햇살 몇 오라기 겨우 비집고 들어가는 바닷속에

서 우라타당 어둠을 흔들며 송장을 물어뜯는 갈치를 바라본다 육식동물의 이빨로 사람의 입까지 찢어내어 삼키는 갈치의 즐거운 노동, 갈치의 몸에서 튕겨 나온 은빛이 잘게 부서져 퍼져나간다 죽음을 파먹으며 허연 살을 찌우는 갈치의 팔팔한 흔들림이 심해의 구덩이에서 떠오른다

　숟가락을 놓은 뒤 배를 가린 옷을 슬쩍 들춰본다 살결이 바닷물처럼 출렁이고 있다 산산이 조각난 갈치의 몸이 녹아내리며 일렁이는 뱃속이 보인다

준비된 죽음

북풍이 몰아온 얼음의 밤이 지났다
햇살이 비치자 노오란 잎이 녹으며 가지에서 땅으로 스윽
슥 떨어진다
환하다

파고드는 추위를 받아들이며 너는 잠에 들었었구나 햇살
이 닿기 전 너는 이미 모든 준비를 끝낸 잎 아닌 잎

툭, 가지에서 땅으로의 여정 끝에서 침묵의 소리가 반짝인다

산에 사니 산이요

등성이의 털을 곧추세운 산들이 맥을 일으켜 달리는 12월,
바람 일어 눈과 햇살이 흩날리는 문밖으로 나선다

가자, 나도 산이다

봄, 초록빛 웃음소리

까르르르르르르르르 까르르 르르르 까르르르 까르르

까까까까 라라라라 까라라 라라라라 까라라라까라라

만산홍엽

앞산도 뒷산도 옆산도 붉은빛이 가득하다
밭과 집에도 가득하다
단풍잎 한 잎의 크기로 날아다니는 새들도 물들었다
밭과 숲을 오가며 산새들이 붉은 소리로 울어댄다
새 울음소리가 한 잎 한 잎 울그락불그락 숲을 벗어나 하
늘로
한 점 한 점 천정을 향해 나아간다

점박이 고양이 한 마리 살금살금 밭을 가로질러 나무 아래
로 간다

둥글다

해 달 화성 토성

누군가는 죽고 누군가는 태어나고

봄 여름 가을 겨울 봄

잎 꽃 열매

하루 이틀 사흘 나흘
다시 하루 이틀 사흘 나흘

갔다가 오고

윤회와 돌아가다

앞으로 앞으로 가다 보면 제자리 그래도 또 가는 사람

머리 콧구멍 입 눈

천만년이 내린다

집 앞에 자리 잡은 소백산맥을 보니 가장 먼 곳의 등성이가 허연 게 비가 내리는 모습이다

잠시 있으니 그 앞의 등성이가 허옇다 조금 뒤엔 그 앞의 등성이도 허옇다

이윽고, 구불텅구불텅 소백산맥 기슭을 향해 뻗은 키 낮은 산까지 허연 기운이 몰려들었다 곧 집에도 비가 내린다 뚜닥뚜닥 어깨를 치는 손길이 낯익다

너와 내가 말없이 헤어졌던 때가 언제였던가

비는 대답도 없이 그 언제처럼 그저 죽죽 내린다

잎은 떨어져

산 위에서 바람이 분다

이야아 야아 야아아

산 아래를 향해 늙은 아이들이 날아간다

겨울에도 꽃은 피고

나뭇가지가 힘들어하지 않을 정도의 무게를 가진 새들이
겨울바람 몇 줄기 걸치고 있는 살구나무에 떼 지어 날아와
운다
화화화화화
새소리는 옆의 뽕나무 느릅나무로 퍼져가면서 나뭇가지에
매달려 꽃으로 피어난다
들을수록 가지가지에 새록새록 피어나 내 집 앞에 집보다
큰 꽃송이들이 놓였다

연분홍빛이 겨울 산으로 퍼져나간다 화화화화 둘러선 산
들이 꽃으로 피어난다
아무래도 오던 봄이 돌아가겠다

단풍 숲

아야 아야 아야 아야 아야
흐유 흐유 흐유 흐유 흐유
에구 에구 에구 에구 에구

새소리

삐유 삐유 삐유 삐유 삐
어둠 속에서 새싹이 돋는다
땅을 열고 바라보는 눈
새벽은 푸르다

제2부

닭백숙을 먹은 저녁

저녁 무렵

도랑물에 손과 얼굴을 씻고 일어나 어둠이 내리는 마을과 숲을 바라본다

끄억끄억 새소리가 어슴푸레한 기운과 함께 산촌을 덮는다

하늘의 하루가 내게 주어졌던 하루와 함께 저문다

내가 가야 할 숲도 저물고 있다 사람의 마을을 품은 숲은 어제처럼 고요하다

풍요롭지도 외롭지도 않은 무심한 생이 흐르건만, 저무는 것이 나만이 아님이 문득 고맙다

초가을, 비는 내리는데

비야 저 아래 더 내려갈 곳이 없는 곳까지 가려고 내린다 해도 나무와 풀과 돌까지 축축 내려앉는 어두운 한낮

꽥꽥 오리나 되어 소리라도 쳐볼까

때까치들 점점이, 익어가는 포도밭을 향해, 겨우겨우 떨어지지 않고 날아간다

차라리 날개를 접고 배고픔에 떨자

새들아, 오늘은 나뭇가지 아래 움직임 없이 앉아 빗물 한 모금 받아 마시자 침묵에 침묵을 더하며, 어디 떨어질 곳이 없나 살피는 가을이 되자

무거운 이름, 가을이 되자

햇살 너머로, 나뭇가지에 쌓였던 눈가루
가 흩날린다

빤짝 빤짝 작디작은 새들이 빤짝 빤짝

떼를 지어 날아간다

빤짝 빤짝 어린 몸으로 죽었구나 빤짝 빤짝

가는 곳 어딘지는 몰라도

가다 보면 닿는 곳 있겠지

휘이 휘이

빤짝빤짝빤짝빤짝

닭백숙을 먹은 저녁

뱃속에서 닭이 걸어 다니나 추적추적
추적추적추적추적 비가 내린다

이제 겨울이야 세상을 꽁꽁 얼리며 바람이 오고 갈 거야
떠나야겠지?
추적추적 닭이 뱃속에서 걸음을 멈추지 않아도, 그래 그래도

집 앞 전선줄 위에 앉아 우는 산비둘기 소리를 듣는 오후

구꾸꾸꾸구 돈이 없어도 구꾸꾸꾸구 돈이 없어도 구꾸꾸 꾸구 돈이 없어도

돈이 없어도 괜찮은 건 너희들 산비둘기 세상이고

사람 세상은
구꾸꾸꾸구 돈이 없으면 구꾸꾸꾸구 돈이 없으면 구꾸꾸 꾸구 돈이 없으면

나는
구꾸꾸꾸구 돈이 없어도 돈이 없으면 구꾸꾸꾸구 돈이 없 으면 돈이 없어도 구꾸꾸꾸구 돈이 없어도 돈이 없으면

한밤중에 얼굴을 씻는다

불빛이라곤 별 서너 개와 산 아래 멀리서 떨고 있는 가로
등 하나

집 뒤 도랑가에 쪼그리고 앉아 얼굴을 씻는다 뒤통수가 서
늘하다 머리 들어 위를 보니 호두나무 검은 줄기가 흐흐 웃
는다 다시 어푸푸푸 얼굴을 씻자니 옆에도 무엇이 있다 전등
빛을 비추니 물봉선 검붉은 꽃들이 히히히히 웃는다 때맞춰,
싸아아아 흐르는 물줄기도 어둠에 물든 손으로 내 얼굴을 감
싸쥔 채 달린다

참내, 땅도 하늘도 아가리를 벌리고 덤벼드는 어둠 속에서
나는 어쩌자고 얼굴을 씻는가 오늘도 밭가의 뽕나무를 베어
넘겼고 길에 자라난 풀들을 깎으며 그들의 비명 소리인 살냄
새를 흠뻑 마셨다 닭과 돼지를 잡으며 피로 도랑물을 물들였
던 날도 어제 그제다

별빛도 힘을 잃은 밤, 얼굴을 씻는다 아내와 아들도 잠들
었는데, 잠들지 않는 고라니 울음소리를 가슴에 채우며, 이

러다 죽어도 좋은 거라고 되새기며 얼굴을 씻는다 으스스스

몸이 떨려도

어린 새

어치 새끼가 집 앞 돌계단 아래서 내 눈에 걸렸다

어미는 사오 미터 떨어진 참나무 가지에 앉아 낮고 작은 소리로 깨에깨에 신호를 주고 있다

새끼는 제 등도 다 가리지 못하는 풀 아래에 들어 움직이지 않는다

어이그 자식아 그것도 숨은 거라고 숨었냐 쯧쯧

머리가 커다란 게 좀 멍청하게는 생겼지만, 어찌 목숨이 달린 일에 대처하는 폼이 이리 어설플 수 있을까

풀줄기 두세 포기 사이에 고개도 숙이지 않은 채 가만히 서 있는 새

머리라도 쓰다듬어주고 싶어 손을 내밀다 멈칫,

가만 이놈이 지금 숨어 있는 거지

내가 모를 줄 알고 있는 거지

깨에 깨에 어미의 끊어질 듯한 소리가 끊임없이 다가온다

둥지를 떠난 지 하루나 이틀 정도 됐을까 아니 방금 떠나온지도 모른다 그래서인지 깨끗하고 여리다 적어도 내 손보다는

그것도 숨은 거라고, 짜식

슬쩍 지나쳐 몇 발짝 내딛다 돌아보니 어라, 사라졌다

산 나 바람

　나는 망경대산 중턱에 붙어 산다

　산정을 향해 몸을 기울여 경사면에 딱 붙어 산다

　곧지 못하고 비스듬히 넘어가 있는 내 자세를 보고 바람은
화난 얼굴로 쌔앵 지나가기도 하고 흐흐 땅으로 스미는 웃음
을 흘리기도 하며 간다

　산짐승이 되어 새끼 한 마리 키우며 사는 마음을 바람은
모른다 산에선 사람이 되기보다는 산이 돼야 살 수 있다는
얘기를 들으려 하지도 않는다 넘어지는 나무와 굴러 내려가
는 바위를 좀 보라고 얘기해도 엉덩이 한 번 싸삭 흔들곤 산
너머로 간다 언젠가는 내가 벌떡 일어나 자신을 따라 산정을
향해 뛰어오를 줄 아는 모양이다 그 모습이 귀엽기는 하다

맑은 날

얼마 전 집에 들어와 나가지 않는 고양이 한 마리, 밭에 있는데 하늘로 올린 꼬리로 살랑살랑 내 시선을 흔들며 다가온다

어디 갔다 오냐? 물으니 내 앞에 가만히 엉덩이를 대고 앉는다

기특하기도 해서 가만히 바라보니 주둥이 근처에 핏물이 번져 있다

너 새 잡아먹었냐?

주둥이를 손으로 잡아 살피니 입 근처 짧은 털에 묻은 피가 햇살을 받아 꿈틀거린다

고양이 앞을 벗어나 엄나무를 심을 구덩이를 판다 저 녀석 내 몸을 노리고 쫓아다니는 거 아닌지 모르겠다 고양이에게 당할 정도면 죽어도 좋을 몸이니 맛있게 먹어주면 오히려 고마운 일이긴 하지

야옹아, 날씨 참 좋다

낙엽이 떨어지는 소리

한세상 붙어 살던 가지를 떠난 잎이 바람의 힘을 빌려 옆
나무의 가지를 툭 치며 떨어진다
한 번쯤은 한몸이고 싶었어요

가을 어귀

먹장구름이 낮다

건듯 바람 한 줄기 없어 나뭇잎마저 침묵하는 산중에

깡충깡충 뛰며 숲길을 가르는 호랑지빠귀의 몸짓마저 죽

었다

고개 숙인 풀잎보다 무거운 마음

놓을 데 없다

대마도

파도에 쓸리는 섬에 가서 잠을 자다가 눈을 떴다

　나는 어디 가고 파도 소리에 젖은 시퍼런 섬이 나인 듯 누워 있었다

태풍 볼라벤이 왔다

밑둥 껍질이 썩었던 나무가 쓰러지며 전신주를 쳤다 전기
가 끊겼다

몰아치던 비가 잠시 그친 틈을 타고 푸른 나뭇잎들이 하늘
로 솟아올랐다 바람이 나뭇잎들의 목을 끊었다 그래도 나뭇
잎은 좋은 것인지 하늘 높이 올라 하늘하늘 배를 타다 스르
르륵 스키를 타기도 하다가 휘휘 등성이 너머로 날아간다 이
왕 떨어진 몸, 그렇지, 즐겨라 붙어 살려는 의지를 끊어버린
힘이라면 한번 몸을 맡겨봄직도 하다 쓰리쓰리 히꼬꺼꺽 꺅
꺅 끽끽, 푸르름이 사라지기 전, 어찌한들 어떠랴

헤어져야지 놓아줘야지 끝끝내 함께하지 못할 인연인데
붙잡진 말아야지 매달리진 말아야지 아내여 당신도 바람 따
라 가야지

추우우우우 촤아아아아 태풍이 왔다 방파제를 넘어 파도
를 몰아 산을 덮쳤다

산중턱에 붙어 살아가던 나를 후린다 비를 퍼부어 앞길조
차 지운다 길조차 버리고 가라고?

제3부

마자의 속삭임

성탄 전야

검은 하늘에 눈보라가 휘날리는 밤
땅으로 내리는 눈송이들이 내 몸에도 내려앉는 모양을 보
며 섰다

지상에 쌓이는 눈도 별들이련만
뼛속으로 파고드는 이 얼음 바람을 어찌 막아주려나

승도야, 따뜻한 세상을 그만 잊어라

염소와 나 사이

염소 울음소리가 다리를 잡아끈다 잠시 전까지 나는 염소 옆에 있었다

염소는 내가 곁에 있으면 울지도 않고 풀을 맛있게 뜯어 먹는다

좀 있다 올 테니까 잘 먹고 있어라

염소는 내가 한마디 던지고 몸을 돌려 발걸음을 옮기자 따라오다 목줄에 걸려 서서 메에메에 울었다 나는 걸음을 멈추지 않았다 염소가 씹어 삼키는 풀의 푸른 내음이 풀의 피 냄새임을 생각했다

염소는 풀을 뜯다가도 다가와 내 다리에 코를 들이대며 냄새를 맡기도 하고 튀어나온 두 눈을 들어 내 얼굴을 살피기도 했다 손을 내밀면 움찔 뒷걸음질치다가도 다시 다가와 목을 뻗으며 벙어리 말을 했다

홀로 숲에 남는 걸 두려워하는 어린 염소의 마음을 헤아려 주고 싶은 마음이 일기도 했으나 발아래 툭툭 떨구어 밟으며 집으로 왔다

가을엔 다 자라서 살도 통통 오르겠지

잡아서 양념 고추장에 재어놨다가 구워 먹는 날을 떠올리
며 왔다

새는 죽음 너머를 향해 날개를 퍼덕인다

목을 자른 뒤 피가 사방으로 튈까 염려하여 닭의 온몸을 두 손으로 꾹 누르고 있는데, 내 몸의 무게와 힘을 떨치며 날개가 움직인다 나를 하늘로 들어올린다

나는 새였다 하늘이 집이었다 이제 가려 하니 그만 놓아라 네 아무리 누른다 한들 이 날갯짓을 막을 순 없다 비켜라 아아아아 비켜라

나는 온 힘을 짜내어 내리눌렀다 그래도 날개는 손바닥 밑에서 여전히 들썩들썩 하늘을 저었다

잘 가라 나도 새였다 나도 집으로 갈 거다

봄봄봄

벚꽃이 피어난 신탄진역전

꽃무늬 짧은 치마를 입은 아가씨, 벚나무 밑에 섰다

살랑살랑 벚꽃이 일렁인다

살랑살랑 아가씨 치마도 일렁인다

누구에게 전화를 하나?

목소리 닿는 어딘가에도 꽃이 활활 피겠다

허깨비

십여 년 전에 나를 욕하며 화를 내던 놈
오 년 전에 죽었는데
에이 자식, 성질이 그렇게 더러우니 그리 빨리 죽었지
눈 덮인 산길을 걸으며, 서산 너머로 떨어지는 해를 바라
보며 욕을 하는 나를 보았다
옆을 스치는 바람인지도 모르고 발에 밟히는 눈일 수도 있
는 사람을

허허 참
허깨비와 살아가는 허깨비를 보았다

자동차는 간혹 썰매가 되기도 한다

눈이 쌓인 비탈길을 내려가는데 차가 스으으윽 미끄러진
다 이야야야 얼마만에 타보는 썰매인가 머리에서 발끝으로,
발끝에서 땅끝으로 나아가는 기분

어린 내가 내려간다 형과 누나도 내려간다 아래로 무한히
뚫린 세상 속으로 쑤우우욱 내려간다 젊은 아버지 어머니가
다가온다 내 손에 죽었던 선한 눈망울의 개도 꼬리를 흔들며
달려온다

야아야 세상이 거꾸로 흐른다

내 마음의 집

나뭇가지에 얹힌 새의 둥지에 눈송이 송이들이 모여 앉았다
나도 둥지에 앉아 알 하나 품어, 세상에 나오자마자 나와
눈이 마주친 아이를 기르며 살고 싶었는데
나뭇가지 흔들림에 몸을 맡긴 채 지내고 싶었는데
마음에만 담아놓았더니 눈송이들이 대신 앉았다

봄닭

아침부터 수탉들이 암탉 머리를 쪼아 누르며 등에 올라타 바바바바 박으며 몸을 부르르 떤다 한 마리가 끝나면 옆에 놈이 올라탄다 암컷들을 지키던 나이 먹은 수탉도 놔두기 일쑤다 암탉에게 달려드는 젊은 수탉들 위로 날아올라 내리꽂던 부리와 발톱의 예리함도 무뎌졌다

아이고야 암탉 죽겠다 등의 털이 다 뽑히고 머리에서 피가 흐르는 놈도 보인다 수탉들을 빨리 처리해야지 암탉들이 병신 되겠네

께에엑께엑 타타타타 화타다닥 께에에에엑 꼬댁꼬꼬꼬, 살려달라고 소리 지르며 달아나는 암탉을 좇아 달려가는 수탉과 수탉 뒤를 따라가는 또 다른 수탉과 목을 길게 늘여 올리며 주위를 두리번거리느라 모이조차 먹지 못하는 암탉들로 닭장이 들썩인다

아이고야 암탉 다 잡겠다 여보, 봄 맞으러 온다던 사람들 빨리 좀 오라고 그래

나물 줍기

　사람들이 어찌나 부지런한지

　두릅 철이 돼 숲으로 가면 선명하게 찍힌 발자국을 따라 걷는 나를 본다

　앞서 지나간 사람이 어쩌다 발견 못 한 놈 하나가 반갑기도 하다

　새벽에 숲으로 향하는 주민들과 외지인들의 발걸음을 피해 느직하게 숲길을 걷는다 나물 한 줌 얻어서 돌아가면 저녁 반찬으론 충분하니

아들의 방

깡충깡충 뛴다

살아 있음이 즐겁다

콩알만 한 몸집이니 사람의 방은 그의 운동장이다

평평하고 거칠 것 없다

마음껏 뛰어라 튀어 올라라 소리 질러라

생의 기쁨을 만끽하고 있는 거미를 본다

공부하러 떠난 아들의 방에서 아들 대신 놀고 있는 거미를

본다

입동

책을 읽는데 깨알 같은 검은 날벌레 한 마리가 책장 위를 기다 날다 내 시선을 어지럽힌다 죽이고 싶은 마음이 일지 않아 책을 털어 떨어뜨리니, 날아올라 책장에 또 내려앉아 기며 날며 마음을 흩트린다

그만 어디론가 기어들어가 자리를 잡고 겨울을 난 뒤 나와라

잠시 다른 곳을 바라보다 다시 책을 보았다 그사이

모습을 감춰 책을 읽는 데 걸림이 없게 하니 뜬금없이 고마워라

커다란 발자국

어젯밤에는 주룩주룩 비가 왔는데, 늦게까지 빗소리를 들
으며 잠에 들지 못했는데
　집 옆 옥수수밭을 뭉개놓은 커다란 발자국
　옥수수 대신 땅을 쿵쿵 찍어 남겨준, 내 주먹의 배는 됨직
한 커다란 발자국
　며칠 전엔 집 앞 감자밭을 들쑤셔놓더니
　집 뒤에 얌전히 앉은 무덤도 파헤쳐놓더니

이웃이 나눠준 옥수수로 옥수수 맛을 보면서 텃밭에 심어
놓은 고구마를 어찌 지킬까 생각한다 울타리를 쳐야 하나 경
광등을 달아야 하나 꽝꽝 대포 소리라도 울려야 하나 라디오
라도 틀어야 하나 그것도 아니라면 밤새 보초를 서야 하나
　에이이잉, 다 귀찮으니 보시하는 셈 칠까?
　가만, 올무를 설치해? 아니면 함정을 파?
　생각에 생각을 잇게 하는 커다란 발자국
　다시 하루가 저물면서 비가 내리기 시작하는데

먼 산 위로 뭉게구름 흘러간다

부모 대신 내 뒷바라지를 했던 형님의 손이 떨리는 모습을
보니 흘러간 세월이 가슴을 찌른다 회갑엔 잔치도 베풀어주고
그럴듯한 해외여행도 시켜주겠다던 다짐도 지키지 못했다

하늘을 보는 날이 많아진다 일흔도 넘지 않았건만 치매가
찾아와 조용한 사람이 되어 하룻밤 지내고 올라간 형님의 뒷
모습이 구름과 함께 간다

까마득하다

마자의 속삭임

안녕, 나 여기 있어
너무 가까인 다가오지 마

나도 너에게 가고 싶지
그래도 너무 가까이 다가오진 마

너는 너대로 나는 나대로
그렇게 차갑게 살아야 하지

* 마자 : 내몽골에서 메뚜기를 지칭하는 말.

헤어지며 울던 사람
― 서정춘 시인을 생각하다

여름은 무더위 속에서 지나가고

가을은 무더위 속에서 자라났다

늦었다며 아내는 빈 밭에 두둑을 만들어 김장용 무씨를 심
었다

모종 상자 안에서 자라난 배추 모종이 나도 빨리 밭에 심
어달라며 푸릇푸릇 얼굴을 활짝펴 상자를 뒤덮었다

승도야 우리 시 쓰면서 살자, 파릇한 목소리가 들렸다

동서울버스터미널 비둘기

　차양 아래, 목적지를 향해 떠나거나 손님을 태우거나 문을 열고 기다리는 버스들 앞에서 비둘기가 종종걸음으로 옮겨 다니며 모이를 쪼아먹는다

　오가는 사람이 흘리는, 발과 발 사이의 과자와 빵조각을 얻는다 과자를 먹는 사람 앞을 떠나지 않고 살찐 몸을 뒤뚱뒤뚱 놀리며 기웃기웃거리다 던져주는 조각 앞으로 달려들기도 한다 사람의 발이 다가가면 파닥 날아 옮겨갔다가도 다시 날아와 먹이 활동을 이어간다

　먹을 만큼 먹었다 싶으면 사람의 머리 위로 날아올라 차양 밖으로 날아가 도시의 하늘을 둥글게 가르며 차양 위에 내린다

　날개가 없어도 떠나는 사람들 속에서 날개가 있어도 떠나지 않는 새들이 많다 동서울버스터미널에는

제4부

손을 잡는다는 것

빙하기 1
— 사라진 꽃

봄이 사라졌다

피자마자 흩날린 꽃잎 아래서 서릿발이 돋는다

바람이 하릴없이 불었으나 봄은 돌아오지 않는다

겨우 목숨을 붙든 새 몇 마리 울고 있건만 봄이 죽으니 여름도 죽고 가을도 죽고 그리하여 겨울도 죽었다

빙하기 4
— 쥐

　나를 잡기 위해 덫을 설치하거나 약을 놓는 인간들을 가만
히 보다 보면 실실 웃음이 난다

빙하기 5
― 다리 난간을 넘다

손을 잡을 이도 잡아주는 이도 없다
여기보다 못할 곳이 있을까
얼음덩이 해가 떠오른다
가자 이야아아아, 탈옥이다 세상은 참 추웠다

빙하기 6
— 개

　사람의 머리 가죽을 벗겨 옷을 해 입은 우리는 오늘도 거리를 활보한다 휴일도 밤낮도 없이 돌아다닌다 토실토실 살이 오른 아이들과 여자들을 찾으면 침을 꿀꺽꿀꺽 삼키며 뒤쫓아 으슥한 곳에 들어서는 즉시 달려들어 산 채로 뼈까지 '쩝쩝'이다

　사람 하나 잡아먹으면 배가 불러 잠에 들던 선조의 모습에서 탈피하여, 우리는 먹는 즉시 소화시키는 능력을 갖췄다 맛있는 먹이가 널렸는데 어찌 배부르다 눕겠느냐 다만 사람들이 우리가 개임을 알아채지 못하게 조심해야 함을 알고 있다 달아나 꽁꽁 숨게 만들지 말아야 한다 무장을 하고 대들지 않게 야금야금 잡아먹어야 한다 사람들이 많은 곳에선 이빨이 드러나지 않게 입을 다물고 꼬리도 옷 속으로 꼭꼭 숨기고, 힘겨운 일이지만 눈웃음도 억지로 만들어 보여줘야 한다

　한다고 했지만 우리의 본모습을 꿰뚫어보는 사람이 많아졌다 그런들 어떤가 이미 우리의 세상이다 철판을 뚫는 이빨을 어떤 사람이 막으랴 주인인들 먹지 못하랴

　우우우우 ─ 워워워웡~ 커어커어, 이야호 뛰어라 먹어라

인간의 피로 만든 술을 마시며 오늘을 즐기자 짖어라 우리는
개다 세상은 우리 것, 끼야호 춤 춰라 유방 안주가 떨어졌냐
저기 저년 잡아와라 마셔라 마셔 개의 세상이다 하늘 아래
사람 위에 우리가 있다

빙하기 7

— 차렷!

밤이 깊어도 새벽은 오지 않는다 얼어붙은 어둠 속으로 바람이 분다

차렷! 미국 앞에서 한국의 권력(지식)층이

차렷! 군인 앞에서 민간인이

차렷! 핵 앞에서 사람이

차렷! 언론 앞에서 시민들이

차렷! 국가(대통령) 앞에서 국민들이

차렷! 판사 검사 앞에서 너와 내가

차렷! 돈 앞에서 모든 이들이

차렷! 차렷! 차렷! 영원히 차렷! 안 하면 죽인다 차렷!

더덕

지하철역 입구에 앉은 여인이 더덕 껍질을 깐다 허여멀건한 알몸을 드러낸 더덕 한 줌을 앞에 놓고 거무튀튀한 자루에서 흙 묻은 더덕을 꺼내 손을 놀린다

여인의 손에서 껍질이 떨어진다 피도 묻지 않은 껍질이 발과 발 사이에 쌓인다

지하로 뻗어 내린 계단 초입 모퉁이, 내일로 다가온 추석 앞에서 지하로 지상으로 흘러가는 사람들, 여인은 제 손 껍질을 깐다

세수도 하지 않는 달이 덩그러니 지하철역 입구 위로 떴다 누구도 고개 들어 하늘을 보지 않는다 고개 숙인 여인은 지나가는 사람들 발조차 보지 않는다 오직 더덕을 보며 껍질을 깐다

더덕이 더덕 껍질을 깐다

내 묘비에는

한번 살아볼 만은 했다

그녀의 옷

한 십 년 전만 해도 그녀는 내 외투를 제 옷처럼 입었다 집 안에서만이 아니라 시장에 갈 때도 입고 나갔다

언제부터인가는 나도 모르겠지만 그녀는 내 옷을 입지 않는다

그녀는 이제 아들의 옷을 즐겨 입는다 집 안에서만이 아니라 외출할 때도 입고 나간다

생략

내 어릴 적, 선생님이 숙제를 내주면 전과를 보고 정답을
썼다

그때 정답 중에 하나가 사십 년 하고도 몇 년이 더 지난 지
금도 생각난다 문제는 다른데 어찌 답은 그리 같은 게 많았
었는지

정답 : 생략

바다의 맛

중2 때던가?

조회 시간이었다 공납금을 내지 않은 놈들은 일어나라고 담임선생이 말했다

집에 가서 엄마한테 돈 달라고 해서 갖고 와

학교 수업 시간에 쫓겨난 애가 다섯이었던가 여섯이었던가

신세계백화점에 가서 옥상에 만들어놓은 열대우림의 나무와 동물들도 만나고 돈을 모아서 빵집도 가고

그리고 흩어져 집으로 향했다 집 근처 아는 형네 집으로 가서 놀다가 학교 끝날 때쯤 학교로 갔다

한 명만 돈을 갖고 왔다 갖고 오지 못한 아이들을 교탁 앞으로 불러낸 선생이 내게 물었다

너는 엄마가 뭐라 그래?

⋯⋯(할 말이 없었다 엄마가 땅속에 계셨으므로)

이 새끼가!

선생의 입에서 욕이 튀어나오는가 싶자 '철썩 철썩' 매운 파도가 뺨을 후려치며 다가왔다 멀어졌다 파도에 휩쓸려 바다의 어둠 속으로 한없이 빨려들어가는 내가 보였다 피의 맛이 혀끝에 닿았다

청량리역전 04시

한 여자가 오락가락 걷고 있었다
몇 살야?
오십 살
그래? 나보다 두 살 아래네 춥지? 라면 먹을래?
고개를 끄덕였다

소주도 한 병 사지! 빨간 걸루 사!
여자는 눈 이외의 얼굴을 가렸던 목도리를 풀어 목에 걸치
며 말했다 한쪽 뺨을 가득 채운 검푸른 자국이 보였다
병마개에 빨간색이 보이는 소주 한 병에 맥주 한 병을 보
태 컵라면과 함께 계산했다
술은 나가서 드세요
점원의 찬바람 소리가 거스름돈에 보태졌다 뜨거운 물을
부은 컵라면을 든 여자가 턱으로 24시 편의점 밖을 가리켰다

가게 밖의 하얀 플라스틱 탁자와 의자는 얼음보다 차가웠
다 의자에 앉아 종이컵에 소주를 따르는 여자를 보며 나는
가슴에서 이는 바람에 몸을 떨었다

갈게!

같이 안 마시고?

여자는 울상을 지으며 물었다

대답 없이 뒤돌아섰다 앉고 싶지도 마시고 싶지도 않았다
덜컹, 검고 무겁기만 한 것이 넘어지는 소리가 가슴 안에서
들렸다

대합실을 향해 걸었다 돌아보지 않았다 대합실의 문이 열
릴 시간이 되지 않았다는 걸 알고 있었지만 멈추지 않았다

깜깜하고 날카로운 바람이 머리뼈를 뚫으며 파고들었다
어쩌다 오가던 그림자들도 얼어붙은 광장을 지나 계단 위로
발을 옮겼다 터엉터엉 빙판의 울림이 자꾸만 발을 잡았다

손을 잡는다는 것

신혼이신 모양이네
나도 신혼 땐 아내와 손잡고 잘 다녔는데
손을 언제 놓을 수 있을까 궁금하기도 했지요
근데 어느 날인지도 모르는 어느 날부터
손을 잡고 다니지 않더라고요 그다음부턴 잡고 다니려 해
도 어색해서 할 수 없었죠

그게 신혼이 끝난 거였던가요?
아마도 그런 것 아닐까요 손을 잡았던 때가 멀고도 먼 옛
날로 다가왔으니까요

일 년이 넘었죠

미량엔 자주 안 오시나봐요

저번에 왔다가 멀리서 바라보다 그냥 갔었죠 마음에 들면 다가가기가 어렵죠

그건 또 왜요

나와 함께 사는 사람에게 미안하니 어찌할 도리가 없지요 좋은 사람을 만나야 할 텐데 방해하는 것 같기도 하고

세상이 험한데 그렇게 생각하며 어떻게 살아요 저 결혼했어요 6개월 됐어요

그래요? 그럼 마음 편하게 들를 수 있겠네요

그래요 자주 오세요

이따가 맥주 한잔?

저 6시에 가게 닫고 퇴근해요 그 사람이 여기로 데리러 오거든요 함께 차 타고 집으로 가곤 해요 그리고 저 술은 못해요 그때도 맥주 반 잔 마셨는데

그때가 일 년이 넘었네요

예, 일 년이 넘었죠

우중충한 아침

후배들과 만나 밤새도록 술을 마시다 해장국을 먹고 헤어
지자며 들어간 서대문 길가 '실비○○찹쌀순대'
해장술로 헤어짐의 건배도 마친 뒤
계산대에 다가가 카드를 내미니
현금 없어요? 어휴, 오늘 개신데 카드를 내면 어떡해! 퉤 ─
멍하니 서 있는데 옆에 있던 후배가 얼른 현금을 내민다

아니, 지금 침을 뱉었습니까? 묻는 내 등을 떠미는 후배의
힘을 못 이기는 척 식당을 나와 아침의 서울 거리를 걸었다
이삼십 년 전에 비해 빌딩이 쭉쭉 많이도 뻗어서 그런지 아
침이 어둡다

도시

침 뱉을 곳이 없다

에라이~

꿀꺽

산짐승이 쓴, 전혀 새로운 자연생활시의 탄생

문흥술

1. 산짐승의 삶의 터전으로서의 자연

유승도의 네 번째 시집 『천만년이 내린다』에 실린 시편들은 대부분 영월 망경대산을 중심으로 한 자연을 시적 배경으로 하고 있다. 시인의 약력에서 보듯, 시인은 지금 영월 망경대산 중턱에서 자급자족적인 농사를 지으며 살고 있다. 그러니까 이번 시집의 자연은 시인 유승도의 삶의 터전과 관련된 것이라 할 수 있다. 이처럼 산골에 살면서 자연과 전원생활을 다루는 시편들을 우리는 지금까지 많이 접해왔다. 이른바 '자연서정시'로 명명되는 이들 시편들의 경우 대부분 자연을 서정적으로 시화하고 있다. 곧 세속 도시의 물욕과 대비되어 자연은 순수한 정신

내지 영혼의 가치를 지닌 탈속적이고 초월적이며 절대적인 존재로 다루어지고 있다.

그런데 유승도의 이번 시집에 나타나는 자연은 인간인 '나'가 산짐승을 퇴치하거나 잡아먹을 궁리를 하는 장소로 제시되어 있다.

어젯밤에는 주룩주룩 비가 왔는데, 늦게까지 빗소리를 들으며 잠에 들지 못했는데
집 옆 옥수수밭을 뭉개놓은 커다란 발자국
옥수수 대신 땅을 쿵쿵 찍어 남겨준, 내 주먹의 배는 됨직한 커다란 발자국
며칠 전엔 집 앞 감자밭을 들쑤셔놓더니
집 뒤에 얌전히 앉은 무덤도 파헤쳐놓더니

이웃이 나눠준 옥수수로 옥수수 맛을 보면서 텃밭에 심어놓은 고구마를 어찌 지킬까 생각한다 울타리를 쳐야 하나 경광등을 달아야 하나 꽝꽝 대포 소리라도 울려야 하나 라디오라도 틀어야 하나 그것도 아니라면 밤새 보초를 서야 하나
에이이잉, 다 귀찮으니 보시하는 셈 칠까?
가만, 올무를 설치해? 아니면 함정을 파?
생각에 생각을 잇게 하는 커다란 발자국
다시 하루가 저물면서 비가 내리기 시작하는데
　　　　　　　　　　　　　　　—「커다란 발자국」 전문

먹을거리를 찾아 민가로 내려온 멧돼지가 '나'의 '옥수수밭'과 '감자밭'을 뭉개놓고 심지어 집 뒤 '무덤'도 파헤쳐놓았다. 옥수수밭과 감자밭과 고구마밭은 '나'에게 일용의 양식을 제공해주는 생명수와 같은 것이다. 그런 밭을 비가 내리는 날 멧돼지가 들쑤셔놓고 '커다란 발자국'만 남겨놓았다. '나'는 그런 멧돼지를 퇴치할 여러 궁리를 한다. 처음에는 멧돼지 접근을 막기 위해 '울타리'를 치고 '경광등'을 다는 궁리를 하다가, 급기야 '올무'를 설치하고 '함정'을 파 멧돼지를 잡을 궁리를 한다. 그러나 그런 '생각'만을 할 뿐 실행에 옮기지는 않는다.

이 시에서 보듯 이번 시집에 나타나는 자연은 세속 도시에서는 찾아볼 수 없는 순수 영혼과 정신적 가치를 지닌 어떤 초월적 존재도 서정적 존재도 아니다. 자급자족의 양식을 얻기 위한 밭이 있고, 그리고 먹을거리가 없어 그 밭의 양식을 훔치는 야생의 멧돼지와 인간인 '나'가 대립하는 장소, 그것이 이번 시집의 자연이다.

　　불빛이라곤 별 서너 개와 산 아래 멀리서 떨고 있는 가로등 하나
　　집 뒤 도랑가에 쪼그리고 앉아 얼굴을 씻는다 뒤통수가 서늘하다 머리 들어 위를 보니 호두나무 검은 줄기가 흐흐 웃는다 다시 어푸푸푸 얼굴을 씻자니 옆에도 무엇이 있다 전등 빛을 비추니 물봉선 검붉은 꽃들이 히히히히 웃는다 때맞춰, 싸아아아 흐르는 물줄기도 어둠에 물든 손으로 내

얼굴을 감싸쥔 채 달린다

참내, 땅도 하늘도 아가리를 벌리고 덤벼드는 어둠 속에
서 나는 어쩌자고 얼굴을 씻는가 오늘도 밭가의 뽕나무를
베어 넘겼고 길에 자라난 풀들을 깎으며 그들의 비명 소리
인 살냄새를 흠뻑 마셨다 닭과 돼지를 잡으며 피로 도랑물
을 물들였던 날도 어제 그제다

별빛도 힘을 잃은 밤, 얼굴을 씻는다 아내와 아들도 잠들
었는데, 잠들지 않는 고라니 울음소리를 가슴에 채우며, 이
러다 죽어도 좋은 거라고 되새기며 얼굴을 씻는다 <u>으스스스
몸이 떨려도</u>

— 「한밤중에 얼굴을 씻는다」 전문

'나'는 지금 밤하늘에 빛나는 '별 서너 개'와 산 저 아래 '떨
고 있는 가로등 하나'의 중간 지점, 곧 '전등 빛' 하나만이 어둠
을 밝히는 산중턱에 있다. '나'는 낮에 일을 하고 밤에 귀가하면
서 집 뒤 도랑가에서 얼굴을 씻는다. '나'는 낮에 '밭가의 뽕나
무'를 베어 넘겼고, 풀의 '비명 소리인 살냄새를 흠뻑' 마시면
서 풀을 깎았다. 곧 '나'는 산중턱에서 살면서 밭을 일구기 위해
나무와 풀을 베었고, 그러면서 나무와 풀의 비명 소리를 들었
다. 그리곤 밤에는 '집 뒤 도랑가에 쪼그리고 앉아 얼굴을 씻는
다'. '나'는 '어제 그제' '닭과 돼지를 잡으며 피로 도랑물을 물
들였던 날'에도 그 도랑물에 얼굴을 씻었다. '나'는 얼굴을 씻
으면서 낮에 한 자신의 행위, 나무와 풀을 베고 닭과 돼지를 잡

은 행위를 생각하면서 '땅도 하늘도 아가리를 벌리고' 자신에게 덤벼든다고 생각한다.

이처럼 이 시집에서 자연은 '나'의 삶의 터전으로 제시되어 있다. 밭을 갈기 위해 주변 나무와 풀을 베어야 하고, 먹고살기 위해 닭과 돼지를 잡으면서 피로 도랑물을 물들여야 하고, 멧돼지가 밭을 망칠까 봐 전전긍긍하는 '나'가 매일 생활하는 터전 그 자체가 바로 이 시집의 자연이다. 이 점에서 유승도의 이번 시집은 자연을 서정적으로 다루는 여느 시집과는 썩 다른 자리에 일차적으로 자리 잡는다.

그런데 이번 시집에서 더욱 주목되는 것은, '나'가 낮에 자연을 파헤치고 밤에 그 자연의 일부인 도랑물에 얼굴을 씻으면서 예사롭지 않은 태도를 취한다는 점이다. '호두나무 검은 줄기가 흐흐 웃는다', '물봉선 검붉은 꽃들이 히히히히 웃는다', '싸아아아 흐르는 물줄기도 어둠에 물든 손으로 내 얼굴을 감싸쥔 채 달린다'라는 표현에서 보듯, '나'는 자연을 훼손시켜 놓고 그 자연과 또 교감을 하고 있다. 어째서 이런 상황이 가능한 것일까.

나는 망경대산 중턱에 붙어 산다
산정을 향해 몸을 기울여 경사면에 딱 붙어 산다
곧지 못하고 비스듬히 넘어가 있는 내 자세를 보고 바람
은 화난 얼굴로 쌔앵 지나가기도 하고 흐흐 땅으로 스미는

웃음을 흘리기도 하며 간다

　산짐승이 되어 새끼 한 마리 키우며 사는 마음을 바람은 모른다 산에선 사람이 되기보다는 산이 돼야 살 수 있다는 얘기를 들으려 하지도 않는다 넘어지는 나무와 굴러 내려가는 바위를 좀 보라고 얘기해도 엉덩이 한 번 싸삭 흔들곤 산 너머로 간다 언젠가는 내가 벌떡 일어나 자신을 따라 산정을 향해 뛰어오를 줄 아는 모양이다 그 모습이 귀엽기는 하다.

—「산 나 바람」 전문

　'나'는 망경대산 중턱에 산다. 아니 '붙어 산다'. 그것도 인간으로서가 아니라 네 발 달린 산짐승으로 붙어 산다. 두 발로 '곧게' 서 있는 것이 아니라 네 발을 딛고 '산정을 향해 몸을 기울여 경사면에 딱 붙어 산다'. 이처럼 '비스듬히 넘어가 있는 자세'를 보고 '바람'은 화를 내기도 하고 웃음을 짓기도 한다.

　산중턱에서 네 발을 딛고 '산짐승이 되어 새끼 한 마리 키우며 사는 마음'을 가진 이가 바로 이번 시집의 '나'이다. '나'는 산짐승이 되어 새끼 한 마리를 키우기 위해 밭을 갈고 나무와 풀을 베고 닭과 돼지를 잡기도 하고, 다른 산짐승이 그 밭을 들쑤셔놓지 못하도록 온갖 궁리를 하기도 한다. 그러면서 '나'는 산짐승이 되어 나무와 풀과 도랑물과 바람과 별과 다른 짐승들과 교감을 한다. 그러니까 '나'는 산짐승이 되어 새끼 한 마리 키우는 마음으로 자급자족할 정도만큼만 자연을 개간하고, 그런 자신의 행위에 대해 자연에 미안해하면서 자연과 교감하고

있는 것이다. '나'는 인간이 아니고 산짐승이기에 인간이라면
당연히 가지게 되는 돈이나 물질적인 것에 대한 욕망, 혹은 명
예와 출세 따위에 휘둘리지 않는다.

> 사람들이 어찌나 부지런한지
> 두릅 철이 돼 숲으로 가면 선명하게 찍힌 발자국을 따라
> 걷는 나를 본다
> 앞서 지나간 사람이 어쩌다 발견 못 한 놈 하나가 반갑기
> 도 하다
> 새벽에 숲으로 향하는 주민들과 외지인들의 발걸음을 피
> 해 느직하게 숲길을 걷는다 나물 한 줌 얻어서 돌아가면 저
> 녁 반찬으론 충분하니
>
> —「나물 줍기」 전문

'두릅 철', 나물을 대량으로 채취해서 시장에 내다 파는 현지
'주민들'이나, 건강식을 위해 나물을 캐러 오는 '외지인들'과
달리 '나'는 '나물 한 줌 얻어서 돌아가면 저녁 반찬으론 충분'
한 그런 무욕의 삶을 살아간다. 자급자족할 만큼만 나무와 풀을
베고 닭과 돼지를 잡으면서, 자연을 아프게 하고 짐승의 고귀한
생명을 앗은 자신의 행위에 대해 미안해하고 자연의 모든 것과
교감하는 삶이 바로 '나'의 삶이다.

삶의 터전으로서의 '자연'과 산짐승으로서의 '나'는 이번
시집을 지탱하는 첫 번째 중심축이다. 이러한 '자연'과 '나'는

한국 시사의 입장에서 볼 때 전혀 새로우면서도 매우 의미 있는 존재가 아닐 수 없다. 아마도 유승도의 이번 시집은 한국 시사에서 큰 줄기를 이루고 있는 '자연시'라는 시 계열체 자체를 새롭게 정립하고, 나아가 '자연생활시'라 명명할 만한 새로운 시 계열체를 개진하는 시금석으로서의 의미를 띠는 것으로 보인다.

2. 고양이와 나무와 멧돼지, 그리고 '나'

유승도의 이번 시집을 관통하는 두 번째 중심축은 산짐승으로 자연과 관계를 맺는 태도 또는 자연을 바라보는 시선이다.

어치 새끼가 집 앞 돌계단 아래서 내 눈에 걸렸다
어미는 사오 미터 떨어진 참나무 가지에 앉아 낮고 작은 소리로 깨에깨에 신호를 주고 있다
새끼는 제 등도 다 가리지 못하는 풀 아래에 들어 움직이지 않는다
어이그 자식아 그것도 숨은 거라고 숨었냐 쯧쯧
머리가 커다란 게 좀 멍청하게는 생겼지만, 어찌 목숨이 달린 일에 대처하는 폼이 이리 어설플 수 있을까
풀줄기 두세 포기 사이에 고개도 숙이지 않은 채 가만히 서 있는 새
머리라도 쓰다듬어주고 싶어 손을 내밀다 멈칫,
가만 이놈이 지금 숨어 있는 거지

내가 모를 줄 알고 있는 거지

　　깨에 깨에 어미의 끊어질 듯한 소리가 끊임없이 다가온다

　　둥지를 떠난 지 하루나 이틀 정도 됐을까 아니 방금 떠나

온지도 모른다 그래서인지 깨끗하고 여리다 적어도 내 손보

다는

　　그것도 숨은 거라고, 짜식

　　슬쩍 지나쳐 몇 발짝 내딛다 돌아보니 어라, 사라졌다

—「어린 새」 전문

　　자연과 거리를 두고 자연을 관조적으로 바라보는 인간의 입장에서 볼 때 자연은 정적인 사물 그 자체이다. 나무, 풀, 강, 하늘, 바람, 별이 어우러진 수묵화와 같은 깨끗한 자연, 그것이 지금까지 우리가 자연을 다루는 시에서 읽어온 자연이다. 그런데 유승도의 시에서 자연은 세속 도시에 찌든 인간의 심신을 정화해주는 그런 추상적으로 미화된 타자적 자연이 아니다. 이미 자연의 냉혹한 섭리를 터득한 산짐승에게 있어서 자연은 생과 사의 운명이 걸린 위험천만한 순간들이 되풀이되는 장소일 뿐이다.

　　인용된 시의 '나'는 '집 앞 돌계단 아래서' '제 등도 다 가리지 못하는 풀 아래에 들어 움직이지 않는' '어치 새끼'를 본다. '참나무 가지'에 앉은 어미는 그런 새끼를 보고 '깨에 깨에' '끊어질 듯한 소리'를 내면서 울고 있다. 그 광경을 본 '나'는 '목숨이 달린 일에 대처하는 폼이 이리 어설플 수 있을까'라 탄식하지만, 그 상황을 그대로 지켜만 본다. '나'가 인간이라면 아마

도 어린 새끼를 안전한 곳으로 옮겼을지도 모른다. 그러나 '나'
는 산짐승이다, 산짐승은 자연의 냉혹한 질서와 순리를 알고 있
다. 어린 어치 새끼는 먹고 먹히는 혹독한 자연에서 제 힘으로
살아남아야 한다. 그것을 산짐승인 '나'는 익히 알고 있다. 산
짐승이 되어 새끼 한 마리를 키우는 '나'의 입장에서 볼 때 어린
어치 새끼는 곧 '나'의 자식이기도 하다. 그런 마음이 '산짐승'
인 시인 유승도의 시선을 위태롭게 숨어 있는 '어치 새끼'로 집
중시켰고, 그 마음의 일렁임과 안타까움이 이 시를 낳게 한 것
이다.

    (1)
    목을 자른 뒤 피가 사방으로 튈까 염려하여 닭의 온몸을
두 손으로 꾹 누르고 있는데, 내 몸의 무게와 힘을 떨치며 날
개가 움직인다 나를 하늘로 들어올린다

    나는 새였다 하늘이 집이었다 이제 가려 하니 그만 놓아
라 네 아무리 누른다 한들 이 날갯짓을 막을 순 없다 비켜라
아아아아 비켜라

    나는 온 힘을 짜내어 내리눌렀다 그래도 날개는 손바닥
밑에서 여전히 들썩들썩 하늘을 저었다

    잘 가라 나도 새였다 나도 집으로 갈 거다
            ―「새는 죽음 너머를 향해 날개를 퍼덕인다」 전문

(2)

염소 울음소리가 다리를 잡아끈다 잠시 전까지 나는 염소 옆에 있었다

염소는 내가 곁에 있으면 울지도 않고 풀을 맛있게 뜯어 먹는다

좀 있다 올 테니까 잘 먹고 있어라

염소는 내가 한마디 던지고 몸을 돌려 발걸음을 옮기자 따라오다 목줄에 걸려 서서 메에메에 울었다 나는 걸음을 멈추지 않았다 염소가 씹어 삼키는 풀의 푸른 내음이 풀의 피 냄새임을 생각했다

염소는 풀을 뜯다가도 다가와 내 다리에 코를 들이대며 냄새를 맡기도 하고 튀어나온 두 눈을 들어 내 얼굴을 살피기도 했다 손을 내밀면 움찔 뒷걸음질치다가도 다시 다가와 목을 뻗으며 벙어리 말을 했다

홀로 숲에 남는 걸 두려워하는 어린 염소의 마음을 헤아려주고 싶은 마음이 일기도 했으나 발아래 툭툭 떨구어 밟으며 집으로 왔다

가을엔 다 자라서 살도 통통 오르겠지

잡아서 양념 고추장에 재어놨다가 구워 먹는 날을 떠올리며 왔다

—「염소와 나 사이」 전문

(1)에서 '나'는 닭의 목을 자르는 짐승(새)으로, (2)에서 '나'는 '홀로 숲에 남는 걸 두려워하는 어린 염소의 마음을 헤아려주고 싶은 마음'을 지니면서도, 가을에 염소가 다 자라 살이

통통 오르면 잡아서 양념 고추장에 재워 구워 먹을 생각을 하는 또 다른 짐승으로 제시되어 있다. 자급자족의 일용할 양식을 위해 닭을 잡고 염소를 잡아먹을 궁리를 하는 산짐승. 그 산짐승의 눈에 비친 닭 잡는 장면과 염소 키우는 장면에는 비릿한 피 냄새 풍기는 살벌한 자연이, 또 인간과 짐승과 풀과 숲이 차별 없이 어우러져 생동감 넘치는 자연이, 또 무욕의 삶을 즐겁게 살아가는 인간 아닌 인간의 실감나는 생활상이 오롯이 담겨 있다.

　(1)
　얼마 전 집에 들어와 나가지 않는 고양이 한 마리, 밭에 있는데 하늘로 올린 꼬리로 살랑살랑 내 시선을 흔들며 다가온다
　어디 갔다 오냐? 물으니 내 앞에 가만히 엉덩이를 대고 앉는다
　기특하기도 해서 가만히 바라보니 주둥이 근처에 핏물이 번져 있다
　너 새 잡아먹었냐?
　주둥이를 손으로 잡아 살피니 입 근처 짧은 털에 묻은 피가 햇살을 받아 꿈틀거린다

　고양이 앞을 벗어나 엄나무를 심을 구덩이를 판다 저 녀석 내 몸을 노리고 쫓아다니는 거 아닌지 모르겠다 고양이에게 당할 정도면 죽어도 좋을 몸이니 맛있게 먹어주면 오

히려 고마운 일이긴 하지

　야옹아, 날씨 참 좋다

— 「맑은 날」 전문

(2)

빽빽하다 소나무 숲

삐삐, 말라깽이들, 바람 따라 흔들린다

하늘의 끝을 향해 솟았다

　부러지지 않을 정도의 굵기로 키를 키우며 햇살을 선점하
라 가지도 짧게 적게, 오로지 키를 키워라 산들바람에 휘청
거려도 걱정 말아라 폭풍이 닥치면 옆의 산 나무 죽은 나무
를 잡고 버텨라 눈이 쌓여도 비에 젖어도 구름에 잠겨도 해
를 찾아 까치발을 디뎌라

　가볍게 더 가볍게, 하늘로 펄쩍 뛰어올라라 오호호호 웃
으며 눈물을 흘려라

— 「키다리들의 슬픔」 전문

　(1)에서 시인은 고양이가 새를 잡아먹는 것을 시화하고 있다.
왜 이런 시를 쓸까. 아마도 시인은 산짐승인 '나'가 닭과 염소를
잡아먹는 것과 고양이가 새를 잡아먹는 것이 하등 다를 바가 없
다는 것을 말하고 싶은 것은 아닐까. 생과 사의 운명이 걸린 자연
에서 먹고살기 위해 짐승이 짐승을 잡아먹는 일은 피할 수 없는
삶의 한 과정이다, 라고 시인은 말하고 싶은 것이리라. 특히 (1)에

서, '나' 는 고양이가 '내 몸을 노리고 쫓아다니는 거 아닌지 모르겠다' 라고 했는데, 이러한 표현은 '나' 스스로를 인간의 자리에서 내려 산짐승의 자리에 위치시켜놓을 때나 가능한 것이다.

자연에서 생존하기 위해 먹고 먹히는 일은 산짐승에게만 적용되는 것이 아니다. (2)에서 보듯, 나무들 또한 그 섭리로부터 자유롭지 못하다. '햇살' 을 선점해 살아남기 위해 '빼빼, 말라깽이' 가 되어 '눈이 쌓여도 비에 젖어도 구름에 잠겨도 해를 찾아 까치발' 을 디디면서 하늘의 끝을 향하는 나무. '폭풍이 닥치면 옆의 산 나무 죽은 나무를 잡고 버' 텨야 하는 나무. 나무의 이러한 행위는 냉혹한 자연에서 살아남기 위한 몸부림에 다름아니다.

새를 잡아먹는 고양이, 다른 나무를 짓밟고 목숨을 연명하는 나무. 그런 고양이와 나무는 닭과 돼지를 잡아먹는 산짐승으로서의 '나' 와 다를 바가 전혀 없다는 시적 인식. '야옹아, 날씨 참 좋다' 로 마무리되는 시적 묘미. 이런 시를 우리는 언제 접해본 적이 있는가.

입동이 지난 뒤, 추위가 시퍼렇게 깔린 날이었다 잿빛 구름이 머리를 덮었다

쿵 쿠앙 콰아아아아
쿵야 쿵야 쿠아아아아

집 옆 등성이 너머 계곡이 흔들렸다 산이 흔들렸다 집이
흔들렸다 나도 흔들렸다

달아나는 멧돼지가 보였다 새끼들도 서너 마리 보였다 땅
을 콱콱 찍으며 내달린다 생과 사의 경계선을 타고 질주하
는 멧돼지들

나무들도 팽팽 긴장하며 비켜선다 튀어라 생각이고 뭐고
무조건 뛰어라

총알이 비켜간다 바람이 휜다 죽음을 향해 달려라.

—「삶과 죽음 사이」 전문

지축을 울리는 듯한 포수의 총소리에 멧돼지 가족이 달아나
고 있다. 새끼 서너 마리를 거느린 멧돼지는 입동 추위가 한창
인 겨울에 먹을거리를 찾아 목숨을 걸고 산중턱 민가를 찾았을
것이다. 그러다가 포수의 총질에 놀란 멧돼지는 '생과 사의 경
계선'을 타고 질주한다. 총질에 놀란 것은 멧돼지 가족만이 아
니다. '계곡'도 '산'도 '집'도 그리고 '나'도 '흔들렸다'. 그러
니까 이 시에서 멧돼지는 계곡이고 산이고 집이자, 산짐승인
'나'이기도 하다. 아니, 멧돼지들이 도망가도록 긴장하며 비켜
서는 '나무'도, '휜'는' 바람'도 한 가지이다. 망경대산 중턱의
모든 자연물이 산짐승인 '나'처럼 생과 사의 경계선을 넘나들면
서 하루하루 목숨을 부지하기 위해 안간힘을 쓰고 있다. 그 대
척점에 인간인 포수와 그 총알이 자리하고 있다.

이를 통해, 시인 유승도는 산짐승이 되어 살아가는 망경대산

에도 인간의 가공할 폭력이 자행되고 있음을 비판하는 것은 아닐까. '나'는 감자밭과 옥수수밭을 엉망으로 만든 멧돼지를 퇴치하거나 사로잡을 '궁리'만 한다. 왜? '나'역시 산짐승이니까. 산짐승은 다른 산짐승의 고충을 이해한다. 그런데 산짐승이 아닌 인간이라고 자처하는 경우, 밭을 망치는 멧돼지를 결코 용서할 수는 없을 것이다. 그래서 포수를 들여 멧돼지 사냥을 한다. 꼭, 그렇게 해야만 하는가. 닭과 돼지를 잡으면서 피비린내를 풍긴 '나'또한 산짐승이지 않은가, 그렇다면 '나'도 포수의 총알을 피할 수 없는 법.

바로 이 자리는 인간의 삶의 편리함을 위해 자연을 무차별적으로 재가공하고 황폐화하는 오만한 인간이성중심주의에 대한 우회적인 비판이라는 점에서, 그리고 그 비판이 망경대산에 붙박여 살아가는 시인의 육화된 삶 그 자체와 연결되어 있다는 점에서, 나아가 그 삶이 피비린내 풍기면서도 모든 존재들이 따뜻하게 교감하는 자연생활시로 시화되었다는 점에서, 시인 유승도만이 이룰 수 있는 시적 성취일 것이다.

3. 탈인간화와 겨울산의 황홀한 꽃잔치

여기까지 오면 유승도의 이번 시집에 나타나는 화자 '나'는 '인간'이 아니라 '산짐승'에 가깝다는 것을 확인할 수 있을 것이다. 이번 시집은 자연에서 산짐승으로 하루하루를 열심히 그리고 즐겁게, 또 죄스러운 마음으로 살아가는 생활상을 실감나게 시화하면서, 또 다른 한편으로는 인간의 자리에서 내려와 산짐승이 되어 자연과 교감하고 자연의 섭리를 깨달으면서 살아가는 모습을 시화하고 있다.

　　도랑물에 손과 얼굴을 씻고 일어나 어둠이 내리는 마을과
　숲을 바라본다
　　끄억끄억 새소리가 어슴푸레한 기운과 함께 산촌을 덮
　는다
　　하늘의 하루가 내게 주어졌던 하루와 함께 저문다
　　내가 가야 할 숲도 저물고 있다 사람의 마을을 품은 숲은
　어제처럼 고요하다
　　풍요롭지도 외롭지도 않은 무심한 생이 흐르건만, 저무는
　것이 나만이 아님이 문득 고맙다
　　　　　　　　　　　　　　　　　　　─「저녁 무렵」 전문

'나'는 도랑물에 손과 얼굴을 씻고 하루가 저무는 것에 고마워한다. '나'의 하루는 인간으로서 '나' 자신이 가꾸는 하루가 아니다. 그 하루는 '하늘'이 준 하루다. '나'는 인간의 자리에서 내려와 산짐승의 자리에서 오늘 하루도 무사히 저물도록 해준 하늘에 감사드리고 있다. 그 감사의 마음은 '새소리'와, 또 그 새소리로 덮인 '산촌'과, '사람의 마을을 품은 숲'에 대한 감사로 이어진다. 하늘과 숲과 새 등의 자연물에 감사하는 마음을

가진 '나'는 자신의 삶을 두고 '풍요롭지도 외롭지도 않은 무심한 생'이라 말한다. 하루 목숨을 연명하기 위해, 또 자급자족을 위해 생과 사의 경계선을 넘나드는 그런 '풍요롭지도' 않은 삶이지만, 멧돼지가 있고 산이 있고 풀과 나무와 새가 있기에 산촌에서의 생활은 '외롭지도 않'다. 하루해가 저물고 하늘이 저물듯이 모든 것이 저물 때 화자도 저무는 것, 그렇게 자연의 섭리에 순응하면 '무심한 생'을 살아가는 '나'. 그런 '나'가 저무는 숲을 바라보는 시선은 예사롭지 않다. 자연의 모든 생명체가 하루를 힘들게 마감하는 그런 고단함이, 그러면서 살아서 또 다른 하루를 맞이할 수 있음에 대한 고마움이, 고요하면서도 담담한 어조로 그려지고 있다.

(1)
가을은 살며시 다가올 거라고
오는지도 모르게 와서 곁에 서 있을 거라고
하던 말을 기억하지 않아도 돼

멀리 가버린 날들을 아쉬워할 필요도 없어
북풍이 곧 몰아친다 해도
맞아들이면 돼
몸이 얼어 쨍그렁 몇 조각으로 깨진다 해도
받아들이면 돼

아무런 말도 하지 않아도 돼

움직임 하나 없어도 돼

—「은은한 햇살」전문

(2)

밑둥 껍질이 썩었던 나무가 쓰러지며 전신주를 쳤다 전기
가 끊겼다

몰아치던 비가 잠시 그친 틈을 타고 푸른 나뭇잎들이 하
늘로 솟아올랐다 바람이 나뭇잎들의 목을 끊었다 그래도 나
뭇잎은 좋은 것인지 하늘 높이 올라 하늘하늘 배를 타다 스
르르륵 스키를 타기도 하다가 휘휙 등성이 너머로 날아간다
이왕 떨어진 몸, 그렇지, 즐겨라 붙어 살려는 의지를 끊어버
린 힘이라면 한번 몸을 맡겨봄직도 하다 쓰리쓰리 히꼬꺼꺽
꺄꺄 끼끽, 푸르름이 사라지기 전, 어찌한들 어떠랴

헤어져야지 놓아줘야지 끝끝내 함께하지 못할 인연인데
붙잡진 말아야지 매달리진 말아야지 아내여 당신도 바람 따
라 가야지

추우우우우 촤아아아아 태풍이 왔다 방파제를 넘어 파도
를 몰아 산을 덮쳤다

산중턱에 붙어 살아가던 나를 후린다 비를 퍼부어 앞길조
차 지운다 길조차 버리고 가라고?

—「태풍 볼라벤이 왔다」전문

(1)에서, 가을의 은은한 햇살이 비치는 어느 날 '나'는 다가올
겨울을 생각하면서 어떻게 살 것인지를 생각한다. 계절은 늘 갔

다가 다시 오는 법, 겨울이 닥쳐와 '북풍'이 몰아치고 '몸이 얼어 쨍그렁 몇 조각으로 깨진다 해도' 그 모든 것을 자연의 순리라고 생각하고 받아들이는 것, 인간이랍시고 '말'을 하거나 '움직이지' 않고 산짐승처럼 그 모든 것을 받아들이고 사는 것, 그런 삶에 대한 지향이 이 시에 제시되어 있다. (2)에서, 태풍이 몰아치는 날 '나'는 '나무'가 쓰러지고 '전기'가 끊기고, 하늘 높이 솟아오른 '푸른 나뭇잎'을 보면서 삶과 죽음에 대해 생각한다. 인간이 위대하다 하지만, 그 인간이 만든 '전신주'라는 것이 태풍 앞에서는 아무것도 아니라는 것. 자연은 그렇게 위대한 존재라는 인식을 할 때, 그 자연의 이치에 따라 바람에 '목'이 끊긴 나뭇잎도 자신의 상황을 기꺼운 마음으로 받아들이고 있음을 '나'는 간파한다. 자연에서 삶과 죽음은 하나라는 깨달음은 만남과 이별 또한 하나라는 깨달음으로 이어진다. 아내와 언젠가는 죽음이라는 통과제의를 통해 헤어지게 될 것이고, 또 언젠가는 만나게 될 것이다. 그런 모든 깨달음은 인간의 '길'을 버릴 때 가능하다는 것, 그것이 이 시의 전언이다.

이 순간 시인은 인간이 얼마나 볼품없는 존재인가를 자각하고, '만물의 영장'이라 자부하는 인간의 가면을 벗는다.

　　이거 봐, 사람 이가 분명하잖아 내장을 덜 뺐던 모양이야
　　먹다 보니까 씹히잖아

　　아내가 손바닥에 놓인 이를 내 눈앞으로 들이민다 어둠이

스며든 이는 내가 보기에도 사람의 이다

　사람을 먹었나 먹을 수도 있겠지 그 넓은 바다에 사람 시
체가 한두 구만 가라앉겠어, 맛있는 먹이를 갈치가 놔둘 리
도 없을 테고

　어째 갈치 맛이 그만이더라니
　이거 벌써 다 먹었나 좀 더 없어
　근데 이는 괜찮아 이가 이를 씹었으니

　아내는 말없이 일어나 밖으로 나갔다 들어온다
　뒤꼍 두충나무 아래 묻었어요

　쩝쩝, 거뭇거뭇한 갈치조림 국물에 밥을 비벼 먹으며 태
평양 어디 햇살 몇 오라기 겨우 비집고 들어가는 바닷속에
서 우라타당 어둠을 흔들며 송장을 물어뜯는 갈치를 바라본
다 육식동물의 이빨로 사람의 입까지 찢어내어 삼키는 갈치
의 즐거운 노동, 갈치의 몸에서 튕겨 나온 은빛이 잘게 부서
져 퍼져나간다 죽음을 파먹으며 허연 살을 찌우는 갈치의
팔팔한 흔들림이 심해의 구덩이에서 떠오른다

　숟가락을 놓은 뒤 배를 가린 옷을 슬쩍 들춰본다 살결이
바닷물처럼 출렁이고 있다 산산이 조각난 갈치의 몸이 녹아
내리며 일렁이는 뱃속이 보인다
　　　　　　　　　　　　　　　　　—「뱃속의 이」 전문

'나'는 아내와 갈치조림으로 밥을 먹다가 갈치 내장에 든 사

람의 '이'를 씹는다. '나'는 그 '이'를 보고 '태평양 어디 햇살 몇 오라기 겨우 비집고 들어가는 바닷속에서 우라타당 어둠을 흔들며 송장을 물어뜯는 갈치'를 떠올린다. 보통 '사람'이라면 그런 생각이 날 때 토악질을 하거나 갈치조림 먹는 것을 포기할 것이다. 그런데 '나'는 '어째 갈치 맛이 그만이더라니/이거 벌써 다 먹었나 좀 더 없어'라고 하면서 갈치조림으로 맛있게 배부르게 밥을 먹는다.

이런 행위는 인간과 갈치의 차별을 지울 때 가능하다. 인간은 죽어 송장이 되면 갈치의 '맛있는 먹이'일 뿐이다. '육식동물의 이빨로 사람의 입까지 찢어내어 삼키는' 갈치의 행위를 두고 '나'는 '즐거운 노동', '죽음을 파먹으며 허연 살을 찌우는 갈치의 팔팔한 흔들림'이라 표현하고 있다. 이러한 표현은 갈치가 송장을 먹고 살을 찌우는 것이나, '나'가 산짐승이 되어 닭과 돼지를 먹고 살을 찌우는 것이 다를 바가 하나 없다는 인식이 성립되지 않으면 불가능하다. 갈치조림을 먹고 '배 살결이 바닷물처럼 출렁'이는 '나'는 인간이 아니라 포식을 한 산짐승일 뿐이다. 인간이나 산짐승이나 갈치나 다를 바가 전혀 없다는 인식, 그들 모두에게 삶과 죽음은 늘 함께하는 것이라는 인식, 인간이 갈치가 되기도 하고 갈치가 인간이 되기도 한다는 인식, 그런 인식은 산짐승인 '나'가 자연을 통해 깨달은 삶의 진리에 다름 아니다.

해 달 화성 토성

누군가는 죽고 누군가는 태어나고

봄 여름 가을 겨울 봄

잎 꽃 열매

하루 이틀 사흘 나흘
다시 하루 이틀 사흘 나흘

갔다가 오고

윤회와 돌아가다

앞으로 앞으로 가다 보면 제자리 그래도 또 가는 사람

머리 콧구멍 입 눈

—「둥글다」 전문

인간은 세계의 중심인가. 그렇지 않다, 라고 이 시는 단언한
다. 인간은 '해 달 화성 토성' 등으로 이루어진 광활한 우주와,
'봄 여름 가을 겨울 봄'으로 순환하는 영원한 자연의 일부에 불
과하다. 인간의 '머리'와 '콧구멍'과 '입'과 '눈'은 광활한 우주
와 자연의 모든 존재처럼 '둥글다'. 그 둥근 원환 속에서 인간은

만물의 영장이라 떠들지만, 그래봐야 대우주의 질서에 순응해야 하고 또 대우주의 다른 모든 존재와 유사한 형상을 한 미미한 존재일 뿐이다.

인간이 중심이 되어 사고할 때 시간은 과거에서 현재로 다시 미래로 흘러가고, 그 직선적 시간의 흐름 속에서 인간은 '앞으로 앞으로' 나아가면서 진보한다고 믿는다. 그러나 인간이 대우주와 자연의 일부라는 인식을 지닐 때, 시간은 자연의 사계절이 순환하듯 그렇게 순환한다. 잎이 피고 꽃이 피고 열매가 열리고, 그 열매가 떨어지면 다시 잎이 핀다. 사람도 태어나 죽고 다시 태어난다. 하루도 이틀도 사흘도 끝없이 반복된다. 그러한 영원한 원환 속에서 인간은 앞으로 나아가고 진보하는 것이 아니라 '제자리' 걸음을 하는 것에 불과하다.

이러한 인식을 두고 불교적 윤회 사상과 연결할 수도 있고, 대우주와 소우주의 모든 존재가 서로 닮아 있다는 푸코의 유사성 이론과도 연결할 수 있을 것이다. 시인 유승도가 그런 이론서를 읽고 이런 시를 썼을지도 모른다. 그런데 유승도의 시는 그런 차원을 넘어서고 있다. 오랫동안 망경대산 중턱에서 산짐승으로의 삶을 영위해오는 과정에서 자연스럽게 터득되어 나온 시편이 바로 유승도의 이번 시들 아니겠는가.

슬금슬금 스으으윽 슥슥 사살살 주물렁주물렁 쑥 턱 쑥 턱 으샤샤샤 으싸으싸 헉헉 아이아이 와오와오 으헤헤헷 씨

굴텅씨굴텅 조조조좃 차차차차 으이여차 와라차차 싸싸싸
쪽 텅 쪽 텅 쭈쭈 뿌뿌 파바바박 푸빠푸빠 짜짜짜짜짜짜짜
짜아아짜 짜아짜

    첩첩 찹찹 퍽퍽 팍팍 뿌석뿌석 철썩철썩 뽀뽀뽀뽀 쪽쪽
싹싹 헐레헐레 후후후후 꿍짜라라 쿠쿠쿠쿠 찌부락찌부락
으헉헉헉 떡떡 쿵따라빠 빠바바박 으랏차차차차차차 씨부
락쿵떡 쿵떡쿵떡 으허허허 하아하아 흐응흐응 처처처척 착
착 히오히오 헐떡허덕 으어어억, 하이고야 하이고

—「봄날, 들판에 아지랑이 숨 가쁘다」 전문

이번 시집에는 자연물의 온갖 소리를 의성어로 표현한 시편
들이 다수 있다. 그런데 그런 각종 의성어가 수사적 내지 기교
적 차원에서 마련된 것이 아니라는 점을 강조하고 싶다. 이번
시집에서 각종 의성어 혹은 의태어는 산짐승이 된 '나'가 모든
자연 존재물과 교감하면서 마련된 것이라는 점에서, 이 또한 유
승도만의 고유한 시적 영역인 것으로 판단된다.

    나뭇가지가 힘들어하지 않을 정도의 무게를 가진 새들이
겨울바람 몇 줄기 걸치고 있는 살구나무에 떼 지어 날아와
운다
    화화화화화
    새소리는 옆의 뽕나무 느릅나무로 퍼져가면서 나뭇가지
에 매달려 꽃으로 피어난다
    들을수록 가지가지에 새록새록 피어나 내 집 앞에 집보다

큰 꽃송이들이 놓였다

　연분홍빛이 겨울 산으로 퍼져나간다 화화화화 둘러선 산
들이 꽃으로 피어난다
　아무래도 오던 봄이 돌아가겠다

—「겨울에도 꽃은 피고」 전문

'나뭇가지가 힘들어하지 않을 정도의 무게를 가진 새'는 산짐
승이 된 '나' 자신일지도 모른다. 인간적인 모든 무게를 떨쳐버
리고, 나무와 함께 어우러져 있는 새가 운다. 그 새소리는 온갖
나무로 퍼지면서 '연분홍빛' 꽃이 되고, 그 꽃이 '겨울 산'으로
'화화화화' 퍼지면서 '둘러선 산들이 꽃으로 피어난다'. 겨울
산에서 이런 황홀한 꽃 잔치를 볼 수 있는 것은 인간으로서는
불가능하다. 인간의 무게와 탈을 벗고 산짐승 그 자체가 되었을
때, 그래서 자연의 소리로 자연과 교감할 때, 그런 황홀경을 맛
볼 수 있을 것이다.

4. 시인과 '땅의 별'

망경대산의 자연에 파묻혀 산짐승으로서 자급자족하며 살
아가는 '나'. 밭을 갈고 나무를 베고 닭을 잡고 돼지를 잡으면
서 살아가는 '나'. 그러면서 자연과 교감하고 자연의 일부가 된
'나'. 봄날 그 '나'의 집 마당 풍경을 다루는 시 한 편을 보자.

아침부터 수탉들이 암탉 머리를 쪼아 누르며 등에 올라타 바바바바 박으며 몸을 부르르 떤다 한 마리가 끝나면 옆에 놈이 올라탄다 암컷들을 지키던 나이 먹은 수탉도 놔두기 일쑤다 암탉에게 달려드는 젊은 수탉들 위로 날아올라 내리 꽂던 부리와 발톱의 예리함도 무뎌졌다

아이고야 암탉 죽겠다 등의 털이 다 뽑히고 머리에서 피가 흐르는 놈도 보인다 수탉들을 빨리 처리해야지 암탉들이 병신 되겠네

께에엑께엑 타타타타 화타다닥 께에에에엑 꼬댁꼬꼬꼬, 살려달라고 소리 지르며 달아나는 암탉을 좇아 달려가는 수탉과 수탉 뒤를 따라가는 또 다른 수탉과 목을 길게 늘여 올리며 주위를 두리번거리느라 모이조차 먹지 못하는 암탉들로 닭장이 들썩인다

아이고야 암탉 다 잡겠다 여보, 봄 맞으러 온다던 사람들 빨리 좀 오라고 그래

—「봄닭」 전문

봄날 교미를 하는 닭들을 실감나게 묘사하고 있는 이 시에서 산에서 생활하는 산짐승 부부의 한가로우면서도 분주한 일상을 읽을 수 있다. 이처럼 봄닭을 시화하면서 눈에 잡힐 듯이 선명한, 살아 있는 자연 풍경을 본 적이 있는가. 또 그 풍경에 파묻혀 풍경의 일부가 되어 아무 걱정 없이, 아무 욕심 없이 살아가는 부부의 모습을 그린 시를 본 적이 있는가. 아마도 이 부분 또한 유승도만이 가질 수 있는 시적 영역일 것이다.

다음 시에서 별이 되고자 하는 유승도 시인의 간절한 바람을 읽을 수 있을 것이다. 그 별은 하늘의 별이 아니다. 그 별은 시인이 발 딛고 '울고 웃으며' 하루하루를 생활하는 삶의 터전인 망경대산, 그 '땅의 별'이다. 그 별은 자연의 일부가 되어 살아가는 모든 존재들, 곧 산짐승으로서의 시인의 마음속에, 또 그 산짐승의 '친구'이고 '선생님'이고 '부모님'이고 '이웃 사람들'인 그 모두에게, 또 '나뭇잎'과 '풀잎'과 '돌멩이'와 '강물' 등의 모든 자연물에 살아 숨 쉬는, 늘 함께하는 그런 별이다. 시인은 그러한 '땅의 별'을 꿈꾸면서 오늘도 망경대산 중턱에서 밭을 갈고, 닭과 돼지를 기르고, 또 그들을 잡아먹기도 한다.

물론 시인의 시선이 망경대산이라는 자연에만 국한된 것은 아니다. 시인의 시선은 도시와 현실 사회로 향하기도 한다. 4부의 일련의 '빙하기' 시편들이 그것이다. 그러나 적어도 산짐승으로 살아가는 시인 유승도에게 있어서 현실을 향한 시선은 그렇게 날카로워 보이지는 않는다. 그의 시선이 자신이 붙박여 살아가는 망경대산의 자연으로 향할 때, 그 시편들에는 지금까지 한국 시사에서 보지 못했던 '자연시'의 새로운 경지를 개척하고 있는 것으로 보인다. 그래서 이번 시집은 한국 시사에서, 또 현 단계 한국 시단에서 매우 큰 의의를 가질 것이다. 시인의 산짐승으로서의 생활과 시 쓰기가 더욱 깊이 어우러져 '겨울 산의 꽃잔치'가 더욱 황홀한 경지로 거듭 나기를 기대해본다.

별을 바라보는 사람은 별이랍니다
웃으며 바라보면 웃는 별이랍니다
울면서 바라보면 우는 별이랍니다

친구의 얼굴에서 별을 보는 사람은 별이랍니다
선생님의 얼굴에서 별을 보는 사람은 별이랍니다
부모님의 얼굴에서 별을 보는 사람은 별이랍니다
이웃 아저씨와 아주머니의 얼굴에서 별을 보는 사람은 별
이랍니다

나뭇잎이나 풀잎이 바람에 흔들리며 반짝반짝 빛나는 모
습을 바라보는 사람은 별이랍니다
툭 발로 찬 돌멩이가 굴러가는 모습이 아프게 다가오는
사람은 별이랍니다
재잘재잘 흐르는 강물 소리를 벗 삼아 걸어가는 사람은
별이랍니다

자신이 별임을 아는 사람은 누가 뭐래도 별이랍니다
자신이 이 땅의 별임을 아는 사람은 언제까지나 이 땅의
별이랍니다
—「별들이 반짝이는 땅 — 별을 바라보는 사람들에게」 전문

文興述 | 서울여대 국문과 교수 · 문학평론가

117

푸른사상 시선 56
천만년이 내린다